어디까지 희망입니까

어디까지 희망입니까

—

초판 1쇄 2022년 11월 30일
초판 2쇄 2023년 1월 5일
지은이 박진형
펴낸이 김영재
펴낸곳 책만드는집

—

주소 서울 마포구 양화로3길 99, 4층 (04022)
전화 3142-1585·6
팩스 336-8908
전자우편 chaekjip@naver.com
출판등록 1994년 1월 13일 제10-927호

* 용인특례시 이 책은 용인시, 용인문화재단의 문화예술공모지원사업 지원을 받아 발간되었습니다.
* 한국문화예술위원회 이 도서는 2022년도 한국문화예술위원회 아르코문학창작기금(발간지원) 사업에 선정되어 발간되었습니다.

—

ISBN 978-89-7944-821-4 (04810)
ISBN 978-89-7944-354-7 (세트)

책 만 드 는 집
시인선 209

어디까지 희망입니까

박진형 시조집

책만드는집

| 시인의 말 |

오늘도 은유와 서사가 살아 숨 쉬는
당신의 정원을 찾아 거닐어본다

상처받은 치유자가 되기 위해
나만의 씨앗을 품는다

당신을 위한 단 한 송이 꽃을 피우려

2022년 11월
박진형

| 차례 |

2부 4월을 위한 레퀴엠

3부 페디큐어

4부 다비

1부

동백꽃 든 여인을 사랑하는 법

동백꽃 든 여인을 사랑하는 법

동백이 짙어지면 어둠에 몸 던진다
불꽃을 일으키며 사랑하고 싶어질 때
연정은 신열을 찾아 살그머니 돋아난다

검붉은 속살은 얼마나 위태로운지
아무것도 보이지 않아 황홀한 밤 열한 시
달뜬 눈 감지 못해서 우듬지 휘청인다

겨우내 마음 둘 곳 어디에도 없는데
눈으로 변한 눈물에 숨소리 설렌다
아무도 없는 곳에서 나를 자빠트린 꽃

무릇

오늘을 향해 달리다 어제와 부딪친다

우리가 아는 것 어디까지 파편일까

허공을 바꿔 신는다

우리가 만날 때까지

브로콜리 열반

옹다문 봉오리로 꽃대를 밀어 올려
온몸에 스민 얼룩 연두 방울로 닦아내면
꽃순은 아이의 미소로
볼록한 빛깔 된다

처음 만난 녹색 물결 부들부들 곡선미
흔들리는 꽃자리 미혹을 어루만질 때
둘레에 아무도 없다
나를 보는 오백 나한

초록색 꽃봉오리 상큼해 눈 감는다
묵직한 울림으로 다가오는 천 개의 미소
누추함 벗어던지고
날아오르는 꽃숭어리

파프리카

슬픔은 언제나 노랗거나 빨갛죠
빈속에도 향내 품어 낯빛이 달곰해요
세상이 둥그레져요
은밀한 소리 들리나요

아침 햇살이 탐내도록 살갗은 윤기 나죠
핑 도는 눈물 따위는 더 이상 없으니
어깨가 볼록해질 때
한 입 깨어 무세요

입맛의 개수만큼 별꽃이 피어나죠
가느다란 바람벽은 세상과 나의 경계
언제나 떠나도 좋아요
허풍쟁이로 살게요

5월 꽃자리

꽃잎이 바랜 것은 흉허물이 아니지
감춰진 꽃의 분묘는 무늬 뒤 쓸쓸함인가
꽃자리 버리지 못해 애써 어루만진다

보도블록 한가운데 시든 꽃잎 나부낀다
머릿속 헬리콥터 공중을 맴도는데
광풍에 뜨겁게 맞서 지워버리고 싶은 봄

눈에 밟힌 5월은 몸부림치다 사그라들지
자질자질 잦아진 꽃 외면하지 말라고
아픔이 지난 뒤에도 그 자리 아플 테니까

귤꽃, 단 한 번의 사랑

아픈 가지 뚫고서 꽃망울 피울 때까지

현무암 돌담길 따라 바닷바람 견뎌낸 눈

단 한 번 사랑을 위해 간직해 온 하얀 속살

제주 동백

돌담에 정낭 세 개 꽂아 잠근 꽃이다

꼼짝없이 앓던 금서 얄캉한 몸피 드러내

속울음 달빛을 건져 슬어놓은 꽃봉오리

양파의 사랑법

벗기는 시간이 매콤하게 달궈진다
언제쯤 속마음 보여줄 수 있을까
빗장을 단단히 건 채 곁눈으로 바라본다

속내를 알 수 없어 한 꺼풀 풀어내면
안으로 파고든 무늬 겹겹이 알싸한데
시야가 흐려질 때야 나를 내려놓는다

모과를 읽는 시간

슬픔은
두터워진다
노랗게 익기 전에

설움 속 돋친 햇살
살갗을 휘감아도

향기는
공중에 매달려
험살을 품는다

피스타치오의 독백

잊고 싶은 기억을 껍데기에 가두면
나만을 중심으로 세상은 돌아갈지
숨결이 시린 날에는
틈새가 벌어진다

깜박일 틈 없이 아린 어둠 깨뜨릴 때
내 눈동자 고소해져 고요를 매단다
순식간 눈물이 핑 돌아
편두통이 익어간다

무너진 각피만큼 눈꺼풀이 무겁다
저절로 벌어질 리 없는 딱딱한 꺼풀 안에
한 줄기 빛이 들어온다
부화를 꿈꾼다

오후의 장미 묵주

햇살 비친 어머니 손에 장미꽃이 핍니다

묵주 든 손마디마다 가득한 장미 향

날마다 기억 붙잡고

하늘로 올라갑니다

배롱나무의 배후

각혈로 받아낸 꽃대 비천한 몸 만집니다
전생을 기억 못 해 꽃잎마다 무너진 마음
울음은 가장귀 말리며
저리게 파고듭니다

이승에서 저승으로 머리 풀고 건너간 당신
혼자 남아 코끝 시려 고깔은 물결 집니다
명치가 서늘해진 날
줄기는 헐벗습니다

정수리 간지러워 바람이 소슬합니다
다홍색 떠올라 목청이 막힙니다
설움에 눈이 감겨서
백날 붉은 부처꽃

필사적 낙화

–꽃병 속 꽃의 독백

뿌리 잘린 몸통을 운명이라 여기면
떠나온 곳 향해서 치명을 숨긴다 해도
질문은 제자리로 돌고 답변은 참혹하다

꽃잎이 떨리는 날 마음에 점 찍는다
점과 점 연결하면 처음으로 돌아갈지
꽃병에 꽂혀있는 한 시한부로 꽃 피워도

밑동 없이 사는 것은 나를 잃는 불안한 여행
잎맥마다 수분 채워 온몸으로 잇댄 칩거
뿌리를 잃어버리면 낙화는 필사적이다

무릇꽃

웃자란
꽃줄기 하나
피어있는 냇가에

혼잣말
맺혀있어
꽃자리가 시리다

등불이
지나간 물결
사는 게 가득했다

볼우물

그늘이 드리워져 입술이 느슨한 날
숨소리를 길어서 또 다른 살 키우면
이제껏 마른 적 없이
볼살을 품는다

모로 누운 기슭에 스며든 환절기 시름
물빛 하루 덧칠할 때 속울음 액자에 갇혀
혼잣말 삼키는 시간
당신을 긷는다

칼리마 이나쿠스*

흉측한 겉모습 속에 숨겨놓는 나만의 빛
세상의 색을 삼켜 마른 잎으로 위장하지
날개를 펼칠 때까지 숨죽여 기다리지

한 가지 빛을 삼켜 심장이 바뀔 때까지
마른 잎사귀 돋아나 속울음 베어 물지
안으로 스며들어 간 너 알록달록 단청 무늬

죽은 나뭇잎 시늉하며 견뎌온 시간 지나
햇빛 받아 반짝이면 드러나는 채색 문양
불꽃이 터져 나오며 타오르는 날갯짓

* Kallima inachus. 가랑잎나비.

신성한 숲

그을린 입술로 사려니숲을 껴안는다.

발걸음은 숲길에서 헐떡이다 잦아든다. 원시 바람 부풀어 오르고 심장은 숲을 두드린다. 바람은 하늘을 낚고 바다를 휘몰고 간다. 하늘의 눈 찌르듯 바다가 물보라 친다. 날것의 비린내가 숲속으로 스며든다. 구름이 날아오는가, 머리와 발 찾으러. 욕망으로 자라나는 우듬지가 숲길 따라 머리 자락에 붉은 태양 한 점으로 떨어진다. 까마귀 날갯짓은 눈꺼풀을 물어뜯는다. 욕망이 돛을 펼치며 나무껍질을 휘감는다. 신성한 숲의 기다림은 언제나 길고 절정은 늘 짧으니 천둥은 길을 잃지 않으려 구름 둘레 서성인다.

귓불을 끝없이 간질인다, 관능적인 나무 잎사귀.

2부

4월을 위한 레퀴엠

목어木魚

배로 내는 소리로 은하수를 품은 당신
어느 하늘 별자리를 가로질러 왔습니까
별빛이 흩어지는 날
눈동자를 봅니다

물살을 읽을수록 아가미가 흔들려
그믐달 질 때까지 양수의 빛 담습니다
살갗은 하늘을 그려
새벽 귀를 열게 하고

이 세상과 저 세상을 연결하는 별자리에서
별을 찾아 헤엄치며 하늘 길을 좇습니다
전생을 기억하는 눈
당신은 누구입니까

서리꽃

물류 창고 홑창에 눈물이 얼어붙은 날
살결이 부르트도록 단내가 치민다
야근을 마치고 나면 낯꽃이 밝아질까

햇살은 컨베이어 날카롭게 비끼고
귀밑머리 새치가 서릿발로 일어선다
바람이 지우지 못한 어깨 벼랑 끝 독백인가

새봄을 기다리는 건 답답한 희망 고문
잠인지 죽음인지 알 수 없게 얼어버려
살갗이 웅크러질 때 피어나는 서리꽃

정오의 바다는 아무렇지 않습니다

#1 제주, 4월

정오를 가리키며 명전하는 해시계
오싹한 4월의 공기 외딴섬을 휘감아
불길은 돌을 태우고
바람은 흙을 흩는다

#2 올레길

올레길 할머니가 굽은 등 업고 간다
살아남은 고통은 혼자만의 몫인지
말없이 진저리 쳐도
끝내 살아야 한다

#3 북촌포구

저승까지 가지고 갈 테왁과 망사리
물질 끝낸 해녀들이 윤슬로 물드는데
태양은 정오를 삼켜
암전하는 북촌포구

4월을 위한 레퀴엠

울음이 미끄러져 목덜미에 달라붙는다
수평선에 비친 음표 저음으로 가라앉아
다시는 만날 수 없어
슬픔이 조를 바꾼다

들리지 않는 선율이 윤곽을 지운다
부르다 지친 얼굴 이맘때면 찾아와
음계가 낯설게 뒤집혀
심연으로 잠긴다

해 질 무렵 숨 가다듬는 순치된 불협화음
모든 것을 뒤바꾸어 엇박자로 배신한다
레퀴엠 마지막 소절
슬픔을 지탱한다

섬, 허공에 뿌리를 내리다

속옷 걸린 빨랫줄에 악다구니 숨어있다
뿌리를 내리지 못해 낡아빠진 목조건물은
처마를 서로 맞대고 미닫이문 담이 된다

넝쿨이 칭칭 감아 전신주 올라탄다
틸란드시아* 목 조이며 부챗살을 펼칠 때
할머니 기침 소리에 쪽방이 들썩인다

시간이 멈춰버린 도시 속의 작은 섬
바다 메워 땅으로 만든 허공 위의 뭍이다
매축지 둑방 길에는 뿌리내릴 경계 없다

* 허공에 뿌리를 내리는 식물.

풍경이 되고 싶은 날의 발라드

지상의 새일까 천상의 물고기일까

밤사이 내린 이슬 댓돌을 적시는데

온 세상 일렁이는 소리 무거운 종 거둔다

녹

쇳기를 풍기며 피어나는 푸른 녹은
한때의 윤기를 돌이키지 않는다
갈수록 깊어지는 빛 속살을 드러낸다

돋아난 검붉은 꽃 서서히 잦아들어
모래알 같은 심장에 비수가 꽂힐 때
상처는 번져가면서 속울음 피워낸다

허물어진 뿔 뒤에 월계관이 기다린다
한창때 혈기 사라져 미련을 덮으니
불멸로 피어난 열매 천년을 걷는다

늦

쪽빛으로 변한 바다는 가을이 다가올 징후
해안선 부풀어 올라 뭉게구름 높아지면
내 마음 열리게 될지
하늘눈을 크게 뜬다

함부로 던진 몽돌이 소금 품고 구른다
바닷속 가려진 암초 궂은일 조짐인지
가을이 멀지 않았다
여름은 묻히고

닻 없는 폐어선은 나처럼 죽어가는데
눈빛에 베인 개펄이 해풍을 토해낸다
차례로 나를 쫓는다
썰물이 밀물 되어

삭을 수 없는 과거는 미래의 낌새인가

익명의 섬 하나가 소실점으로 멀어져
모래밭 알갱이 위로
피어나는 물꽃 미래

익지 않은 설움이 봄 그늘 아래 빛날 때

낯익은 발자국이 그림자를 만든다
동백나무 아래서 동부새를 버티며
얼마나 많은 밤들이 갯바람에 삭았을까

익지 않은 설움에 녹슨 대문 붉어질 때
봄 그늘 바라보다 동백꽃 떨어진다
서로를 건널 수 없어 시간을 솎는 눈동자

하오의 느린 졸음 담벼락에 달라붙어
강마른 살갗 위로 고된 물때 비친다
윤슬이 피어날수록 그늘은 짙어간다

동두천 블루스

뿌리 잘린 줄기로 물관을 채울 때
시들어가는 꽃잎은 화병에서 위태롭다
아무도 묻지 않는다
누이가 이우는 이유

꽃대궁 올라오다 샛바람에 꺾인다
돌아오지 않는 누이 기다리는 골목길
꽃가지 꺾인 곳마다
슬픔만 익어간다

헐歇

놓치면 안 되는 기회 놓쳐버린 아버지
독주 마신 얼굴에 낯선 풍경 그려져
세상은 당신 중심으로 돌아가지 않습니다

헐값에 팔아넘긴 계약서를 찢습니다
흙먼지 사이에 공사 알린 현수막
주먹을 움켜쥘수록 골목이 아립니다

눈물 삼킨 지문에 아버지 작아집니다
태풍의 눈에 들어가 지켜온 제자리
담벼락 가위표 쳐져 붉게 붉게 물듭니다

목류木瘤

거북한 두 다리로 밑창을 가는 시간
구두 망치 소리가 각질로 두툼해져
온종일 접착제 냄새
봄 햇살도 비껴간다

수리되지 못한 당신이 구두를 수선한다
뭉툭한 손에서 덧난 시간 저려와
손아귀 힘이 빠진다
하루를 덧깁는다

당신을 바라보는 안경의 방식

수천 개의 빛줄기가 눈동자에 켜지면
내가 읽는 세상은 동공 안에 존재하고
당신은 우주가 된다
내 몸은 흔들린다

굴절된 시야가 팔을 벌려 꿈을 꾸면
내 몸은 열리고 닫혀 욕망을 훔쳐본다
내 속을 숨기지 못한 채
즐기는 유리알 유희

서로를 바라보지만 하나 될 수 없어
속눈썹 흔들릴 때 눈물방울 맺힌다
당신이 놓쳐버린 시선
블랙홀에 빠져든다

몽당연필 심법心法

줄어들수록 빛난다
한 생의 나이테

머나먼 몽골 땅 향나무 숲 버리고
날마다 뾰족해지려
내 몸을 던진다

통점이 없어져서 깎일수록 부릇된다

얄따랗게 잘려 나가 더욱더 벼려진 나

적멸을 맛보기 위해 칼날을 보듬는다

플라스틱 중독

처음과 끝을 동시에 지닌 연금술을 시작합니다.

윤곽이 권력일 때 보형물은 무기입니다. 실루엣이 돋보이게 몸매를 조각합니다. 조형예술의 발전은 놀라운 신비입니다. 피부의 두께 너머 아찔함이 보입니다. 보이지 않는 것은 감각적으로 피합니다. 친구 따라 팔자 고치러 강남으로 갑니다. 결과가 좋다면 견적은 문제없습니다. 나는 예전의 나를 파괴할 권리가 있습니다.* 낡은 몸을 버리고 새 몸을 얻습니다. 난감한 날들이 사라지고 거듭난 느낌입니다. 나온 배도 평평하게 젖가슴도 빵빵하게, 나올 것은 더 나오고 들어갈 곳은 더 들어가게, 반듯한 겉모습을 신앙으로 삼습니다. 몸뚱어리 바로 펴고 굴곡을 심습니다. 흑역사 지우는 것은 미래를 그리는 일. 눈물 나고 뼈가 시려도 참고 참아 딴사람 됩니다. 변모하려면 더한 일도 견딜 수 있습니다. 인간의 변신은 궁극적으로 무죄 추정, 정형을 넘어 성형으로 신세계를 맛봅니다. 내 얼굴이 어땠는지 기억나지 않습니다. 입으로 꼬리를 물면 나는 사라집니다.

마침내 현자의 돌로 과거를 삼킵니다.

* "나는 나를 파괴할 권리가 있다 J'ai bien le droit de me détruire."—프랑수아즈 사강 Françoise Sagan.

견자見者 묵시록

날아오르는 먼지는 소리 없는 절대 견자
어디나 존재하되 곧잘 보이지 않는다
햇살 속 신비한 울림
모든 감각 깨운다

화산에서 솟아올라 바람 타고 사막 건너
분신은 끝이 없어 마른 대지 채운다
폐부를 찌르는 가시
은밀히 숨기고 있다

가장 가까운 곳에서
내가 누구였는지
어디에서 왔는지
어디로 가는지
태어나 죽을 때까지 지켜보는 눈 없는 눈

3부

페디큐어

페디큐어

조그만 발톱에서 새로운 꽃 돋아나
꽃밭이 마법으로 풍성해질 때까지
발걸음 사그라지는 발끝을 생각한다

어머니 흔들리는 건 그늘을 입기 때문
씨방 속 남은 열기로 닮은 당신 세워보면
점묘된 눈물 자국은 혼잣말을 삼킨다

돌아본 발자국 소리 얼굴을 내밀 때
그믐달 위로 하나 둘 피어난 바닥꽃
꽃잎은 울지 않기 위해 발끝부터 타오른다

스프레이 꽃

무허가 번지수가 출입문에 박힌 골목
주인 잃은 강아지가 휘파람에 뒷걸음칠 때
밥술은 샛바람 맞고 그늘에 갇혀있다

이 빠진 밥그릇은 한때의 온기 지운다
얼룩진 빈집마다 붉디붉은 낙서화
주눅 든 담장을 따라 살림살이 누른다

선거 때면 재개발이 일순위로 걸리는 곳
하늘 아래 희망의 집 산바람은 할퀴고
단칸방 헐린 자국은 담벼락에 피어난다

희망 사육

버스 창밖 너머로 마주친 돼지 트럭
불안한 신음이 도로 따라 늘어질 때
출근길 안주머니에
숨 막히는 희망퇴직서

조금 더 나아가면 내 직장이 나오고
모퉁이 돌고 돌면 마침내 도살장이다
굽은 길 비틀거리며
길들여진 구두 뒷굽

알량한 퇴직 수당에 눈물은 필요 없다
유통기한 다 된 나를 마중 나온 동료들
사육지 돼지의 무리
나도 한때 한패였다

두더지증후군

야근과 특근에도 두더지 꼬리 월급
있는 힘껏 내리쳐
뿅망치가 빨라진다
분노는 나의 몫일까
돌고 도는 절망의 고리

불온한 틈들이 사정없이 유혹할 때
사글세 올려달라 집주인이 머리 들면
끝없이 최면에 걸리듯
동전을 처넣는다

헤집은 발등에서 땀방울이 떨어져
두더지 구멍으로 정신 잃고 끌려가면
햇빛도 들어오지 않는
막다른 굴
게임 오버

침시

풋감 넣은 항아리에 소금물을 붓는다
코끝을 자극하는 풋내 나는 떫은 몸
어머니 손맛을 채워 감칠맛이 돋는다

제맛을 찾는 길은 짜고 시린 눈물 길
설익은 맛 뱉어내는 아린 시간 보듬을 때
아랫목 생감 항아리 벗겨지는 내 고집

비그이

넘쳐흐른 물방울은 틈새를 비집는다

빗줄기에 철제 대문은 녹물을 흘리고
아버지 하루를 허탕 쳐
속울음 깊어진다

한참을 수그린 채 앉아있는 대문 앞

물끄러미 바라본다 독촉장 쌓인 우편함

헛헛증 도진 발자국
그늘을 읽는다

작업 공수 못 채운 당신
마음에 녹이 슨다

축추근한 달력에 잉크 자국 번질 때
액자 속 가족 얼굴들
웃음마저 젖는다

안개 시장

서둘러 새벽 공기로 공복을 채운다
모닥불이 타올라도 어깨는 차디찬데
선잠 깬 작업복들이 담배 연기 구부린다

하루치 일자리를 받아 든 사람들
몸에 돋은 단내 안고 일당 향해 뛰어가고
일터로 나가지 못한 신새벽은 허물어진다

돌아선 발걸음이 내일을 기다린다
골목길 막다른 안개 몸속에 스며들어
발등에 비낀 신호등 눅눅함을 뱉는다

쥐코밥상

남루한 밥상으로 생일상 받은 어머니
쌀밥에 미역국 말아 가슴을 한술 뜬다
소찬은 허물어져 가는
당신 어깨 닮았다

형광등 불빛 아래 밥상머리 마주한다
장판에 눌어붙어 얼룩 덮는 먼지들
손등에 퇴적층 되어
돋아나는 검버섯

쿳방울 비벼대는 주눅 든 생쥐처럼
손마디 저리다며 숟가락을 놓는다
치맛귀 적시는 눈물
가슴에 스민 밥 한 끼

곤드레 바다

지친 몸 다독이며 밥을 차린 어머니
한가득 곤드레밥에 생선 살 올려놓으면
초여름 맛깔난 바다가 숟가락에 펼쳐진다

어머니 굽은 등은 고등어 등과 왜 다른지
나를 보며 웃는 얼굴 고봉밥에 그늘져
파도로 주름진 삶에 비늘이 박혀있다

곤드레 풀내 속에 갯내음 가득한 저녁
생선과 나물 맛은 지금도 그대로인데
짠물이 눈가에 일어 목이 메는 둥근 소반

제비가 있는 저녁 풍경

집으로 돌아와서 제비를 바라봅니다
서로의 공간을 훔쳐서는 안 된다는 듯
사이는 일정합니다
더부살이 처마 밑

읽을 수 없는 선율이 처마에 울립니다
제비 것인지 내 것인지 알 수 없는 노랫소리
바다 향 묻어난 노래
깃털을 느낍니다

우리의 거처를 물끄러미 그려봅니다
제비도 나도 모두가 귀퉁이를 빌려 삽니다
저물녘 제비와 나는
밥 한 끼 때웁니다

어머니와 계란달*

수심 깊은 수선화에 달그림자 닿지 않아
반지하 방 어스름은 적막보다 위태롭다
골목은 투명한 테 속에 부풀 날 기다린다

가로등 부화해도 기운 달 쉬 돋지 않고
식구들 숨소리에 달을 품고 자는 당신
꿈속에 햅쌀밥 지어 소반에 차린다

보름으로 향하는 길 굳은 입술 둥그레져
당신은 몸 기울여 달빛을 좇는다
밤하늘 달걀 하나가 빈속을 달랜다

* 보름 되기 전 달걀 모양의 달.

사진이 말을 걸 때

시간은 말라가고 잔기침에 어깨 흔들려
오그라든 까만 손목 오래도록 만집니다
사진이 말을 겁니다
당신은 웃고 있고

양복점 건너 치과 의원 자주 가던 연쇄점
태워버린 모든 시간 당신마저 사그라지고
골목은 쇠잔한 흑백
하나씩 현상합니다

인화할 수 없을 만큼 움츠러든 초가을
변한 건 하나 없는데 많은 것 변해버려
당신을 놓아줍니다
영정 사진 너머로

어머니 여래如來

모든 말 잃어버리고 우는 법 잊어버려
구름의 한가운데 앵무가 보인다며
얼룩을 얼굴에 그린다
모든 숨 뱉어내고

교차한 빛과 어둠은 낮과 밤의 변주일까
점들은 흩어지기 위해 다시금 모인다
한 계절 다 살지 못할
입술은 말라가고

어머니의 손등에서 저승꽃이 지려 한다
마흔아홉 등을 켜고 일곱 그림자 만들어
아직은 때가 아니라고
귓가에 속삭인다

추잉 껌에 관한 보고서

단물이 빠질 때까지 보장되는 목숨은
이용되고 버림받아 품위는 멀리 있다
찰기를 잃어진 채로
소외된 사람들

그들의 마지막은 더없이 비참해
씹을수록 도드라져 버티고 버티는 힘
침샘이 마르기도 전
함부로 버려진다

해고통지서 받아 들고 일터에서 쫓겨난다
비정규직 처지와 다를 바 없는 네 운명
뱉어서 너를 버린다
부려먹다 쓸모없을 때

수저의 자리

당신 안에 숨은 주름은 느린 바람 같아서
온기 없는 온기로 제 한 몸 뉘었습니다
시장은 식구들 목구멍
제자리를 돌립니다

한자리 삼십 년 눈동자가 깊습니다
구부러지게 버텨온 날 점선으로 이어져
식탁에 자리 잡은 수저
남모를 눈물 자국

마네킹 토르소

중심에서 멀어져 세상을 서성일 때
하루를 팔 수 있다면 몸이라도 내놓을까
똑같은 표정에 갇혀
지갑을 유혹한다

팔다리가 없어도 얄궂게 나를 파는 날
거울에 비친 환상통*을 바코드로 읽는다
오후가 달라붙는다
바닥이 흔들려도

* 절단된 사지에서 느끼는 통증성 감각 이상.

4부

다비

멸치 적멸

천 겹 은비늘이 바닷물에 스며들어
등줄기 부풀 때면 윤이 나는 지느러미
온몸에 파란을 품어
말문을 구부린다

물결과 맞서며 살아온 처음과 끝
미라가 된 살갗에 소금꽃 가뭇하다
파랑을 견뎌낸 눈길
되새긴 적멸보궁

등대의 독백

밤마다
별을 부른다
별빛이 되어서

수평선
달려본다
물결이 되어서

아침에 풀어놓는다
물안개 바람개비

돌아볼 수 없는 것은
천형일까 축복일까

바다의 가장 깊은 곳
깊이를 재는 시선

한없이
게을러지고 싶다
등줄기 감추고서

태양은 그녀를 위해 뜬다*

찬란한 제국의 추억
그림자 드리울 때
왕비의 계곡에서 피어난 태양이
분묘 속 상형문자로 맺힌 설움 감춘다

돋을새김 벽화에서
당신을 바라본다
굴곡진 허리를 어루만지는 띠 장식
빛나는 연꽃 문양이 석상처럼 서럽다

노을 지는 나일강
점토판에 새긴 편지
네크베트** 머리 장식에 눈길이 머물 때
전설이 휘휘 감돌아 그리움 어찌할까

가느다란 실루엣에

빛바랜 흰 아마포
내밀한 입술의 고요 밀랍이 된 언어들
영원히 풀 수가 없어 침묵으로 훔친다

* 람세스 2세의 연인이자 아내인 네페르타리 왕비를 뜻함.

** 이집트 신화에 나오는 여신.

손잡이 평전

밀거나 당기는 것은
당신 뜻이 아니니
움직이는 거리는 언제나 한 뼘 남짓
비밀은 구멍에 갇힌다
갈 수도 올 수도 없이

당신 너머 풍경은 밑그림을 그린다
열리거나 닫힐 때
기다림은 목마름
틈새는 당신을 통해 벌어지고 좁혀져도

거리는 제자리걸음
일정하게 유지한다
당신은 날개가 없다
이미 날개이므로
모두 다 되돌아온다
당신을 통해서

물고기자리

꿈을 꾸던 물고기 긴 잠에서 깨어나
비늘 없는 살갗에 양수가 스며들 때
별자리 돋친 지문에 소금꽃이 번진다

어머니와 나 사이에 탯줄이 사라진 날
투명한 눈동자에 비치는 별 서러워
손끝에 닿을 수 없는 거리만큼 가맣다

내 안에 잠들었던 물고기가 깨어나면
별이 된 어머니가 하늘에서 쏟아져
심장에 물고기자리 또렷하게 새긴다

웃뜨르 비익조*

유하의 은밀한 밤 바위틈에서 시작하지
절정을 꿈꾸면서 점멸하는 날갯짓
웃뜨르 구애의 시간 지천으로 반짝이지

황홀하여 거꾸로 선 나무뿌리 목소리
야광 비행 끝날 때까지 흩뿌려진 페로몬
곶자왈 비릿함에 젖어 짝짓기는 아슬하지

귤꽃 향기 한 아름 담은 숲속의 반딧불이
어두운 생 환히 밝혀 피와 살 섞는 별들
쌍쌍이 교성을 질러 꼬리마다 폭죽이지

* 짝을 짓지 않으면 날지 못한다는 전설상의 새.

통桶

뒤숭숭한 울화통을 온몸 가득 채운다

업을 짓는 입을 닫고 휴지통은 묵언수행 중

자신을 온통 비운다
감당할 수 없을 때

러시안 블루

희푸릇한 은회색 털에 신비한 눈동자
어미 잃은 불면의 밤 얼마나 맴돌았는지
혼자서 움켜잡는다
지치고 힘든 날

온몸을 감싸고 도는 윤기 잃은 숨소리는
경계하는 낯빛 아래 커다란 귀 닫는다
눈빛은 공허를 채워 어미를 기다릴까

전율하는 너의 몸 스치듯 어루만질 때
말랑한 심장에 내 손마저 아리다
입꼬리 공간을 메워 발톱을 감춘다

겹겹의 막을 뚫고 깨어난 나비처럼
세상없는 너의 감촉에 나는 귀 기울인다
한없이 고요한 입김
별을 닮은 목소리

오이도

바닷바람 가늘어지면 눈썹은 현絃이 된다

갈매기 날개가 어머니를 부르는 섬
소리는 또 다른 감옥
귀뿌리에 갇힌다

귀울림이 심한 날 오이도를 발음해 본다

부딪히는 어머니 말 파도로 밀려오면
그르렁 기침 소리가 방파제에 묶여있다

오와 이 사이 밭은 숨 등줄기를 흔들어도
다가오는 모음들
바람에 닳아간다

그림자 휘청거린다
움키지 않고 살아온 귀

아나키스트 여행

파도 소리 유혹해도 방풍림은 꿋꿋하다

애인은 언제 올까
발목으로 견딜 때
허기는 어둠을 삼켜 여독을 재우는데

놓쳐버린 이정표가 지도를 지워간다

눈동자 사라진 곳에 새로운 길 보일지
배낭은 젖지 않은 채 수평선을 넘본다

모래밭에 새긴 이름
별에 묻혀 사라진 밤

보고 싶은 사람은 왜 멀리 있는 것일까

등대는 상처를 담아 밤의 끝을 쫓는다

비행운에 감춰진 질문

의심이 올라오며 꼬리를 휘감는다
어디로 떠나야 할지 모를 때의 당혹은
질문이 혹독한 탓인가
주위를 늘 맴도는

응결된 설움이란 구름보다 가벼운 신음
당신을 보낸 후에 설움 꽃 피어난다
경계는 소리를 잃고
신호는 자주 끊겨

얼음 구름 길어질수록 허공에서 꽃이 핀다
난기류 비껴갈 때 항로는 그늘지고
날개는 불안을 재우며
당신을 복기한다

월식

당신은 비탈 너머 허공에 산란한다
두 발을 잃어버려 들어갈 수 없는데
날숨에 떨려오는 빛
무엇으로 감쌀까

붉게 물든 교점이 어둠을 길들여
당신의 눈동자에 서서히 빠져들 때
하나로 스며든 나는
붉은 달로 인화된다

애월 이후

한 남자의 뒷모습 방파제를 선회한다
꿈꾸기를 멈춰버려 칠흑의 바위 따라
바다는 육지의 말을 물방울로 읽는다

그믐의 단어들이 수면 위로 머리 내밀고
파도가 반복될 때 지탱하는 어두운 얼굴
애월은 달을 기른다
육지의 끝을 향해

물속에 던진 달이 벼랑에 매달리는 동안
황홀한 사내의 꿈 섬의 시선 좇으면
어디가 시작이고 끝인지 알고 있는 달의 말

절망처럼 자라는 우기가 내 몸을 눅일 때

잠글 수 없는 빗물이 유리창을 두드려 밖을 내다보다 이내 고개 떨굴 때 시계는 불투명하여 누설되지 않습니다

인력시장 못 가니 며칠째 한숨입니다

눈시울 뜨거워지고 바짝 목이 타는데 마른 몸 꿈꾸고 나면 햇볕이 돋아날까요

바람에 유리창이 일순간 덜컥입니다

마르지 않는 빨래가 건조대에서 시들고 수심이 깊어집니다

축대는 비에 젖고 그늘진 곳일수록 전운이 감돕니다

밑 모를 두려움이 반지하로 넘쳐흘러 발치가 아찔

합니다

술병은 나뒹굴고 아버지라는 이름으로 싸워야 하는 수중전
불현듯 회오리 불어 그늘이 술렁입니다

방 안을 점령한 것은 맴도는 침묵뿐

음습한 목소리가 배경으로 돌아가면 빗방울에 갇힌 하루가 희미하게 번집니다

손끝은 떨리기만 하고 숨결은 아득하고 유례없는 누수인지 수위가 높아가는데 저승은 멀기만 하고 이승은 끕끕합니다

습기가 절망처럼 자라 부은 몸 휘청입니다

깊은 우주, 당신

비밀을 찾기 위해 비행을 시작한다
사라진 별들이 수레바퀴를 돌리면
당신은 연꽃으로 피어나
나를 휘감는다

씨앗을 심어놓는다
질량을 방출하며
새로운 별 태어나 다성악으로 변주한다
성운은 별들의 요람
당신의 열쇠일까

가장 멀고 깊숙한 곳에
숨어있는 당신을
맨눈으로 보고 싶어 갈 데까지 다가든다
이름을 알지 못해도
내 안에 스민 신비

숨 막히는 절경 속에 나타난 우주 절벽
소실점을 향해서 전속력으로 비행한다
은하가 끌어당긴다
중력에 묶인 나를

고양이 사냥법

꼬리가 잘린 것은 누구의 잘못일까
지켜보는 콧등이 어느새 촉촉해진다
승모근 수축하면서 동공이 곤두선다

무언가를 낚아채서 빠져들고 싶어질 때
내 속에 숨은 나를 더 많이 알고 싶다
올곧이 살아있는 눈
재울 수 없는 숨은 발톱

도사린 자세로 노려보다 치달린다
깊은 잠 들지 못해 발톱 세운 야생의 밤
숨겨둔 육식성 본능 내 안에서 불탄다

오늘의 직선이 소멸로 향할 때

가장 짧은 지평선은 치명적 유혹이다
도로는 곧게 뻗어 모든 것 삼키는데
달방에 들어선 나는
슬픔으로 구부러진다

앞선 것이 아니라 밀려난 것이다
속도는 방향 잃고 소음을 긋는 동안
숨을 곳 찾을 수 없어
모가 난 직선은

저마다 각을 맞춰 오늘을 조각낸다
뾰족한 직선은 칼날을 벼리는데
곡선이 될 수 있을까
곧은 선 부러지면

다비

나를 지우는 법마저 이제는 잊어야겠다

빼가 차갑다면 살은 포근한 줄 알았던 시간, 무엇보다 철저히 지문을 도리고 싶었으니, 장작 위에 누워서도 펴지 못한 손아귀 그림자 만들다 자오선에 베였으니, 불어라 솔바람이여 타거라 허풍선이여 송진이 호박 될 만큼 오래된 농담이었으니, 가시거리 너머 송진 가득 품고 하늘로 피어올랐으니, 열기로 가득한 장작더미 위에 공기 한 겹 걸칠 뿐 돌아서기 쉬운 혀를 옮겨본 적 없으니, 바람이 허물을 벗기면 윤곽은 사라지고 추스르지 못한 뺏속, 미련은 졸아붙으니

소리는 미덥지 못해 내내 타오르겠다

| 해설 |

현대시조의 폭과 깊이, 그리고 가능성

이경철 문학평론가

"밤마다/ 별을 부른다/ 별빛이 되어서// 수평선/ 달려본다/ 물결이 되어서// 아침에 풀어놓는다/ 물안개 바람개비"(「등대의 독백」 부분)

현대적이고 세계적인 시로 나가려는 시조의 노력

박진형 시인의 첫 시조집 『어디까지 희망입니까』는 우리 민족 전통의 정형시인 시조의 현 모습을 잘 들여다볼 수 있게 하는 시집이다. 시조는 3장 6구 45자 내외인 단시조 정형을 토대로 연시조, 사설시조 등으로 끊임없이 형식과 내용을 넓혀오며 활발히 창작되고 읽히고 있는 오늘의 시이기도 하다. 박 시인의 이번 시집은 그런 여러 형태의 시조를 골고루 선보이며 각가지 시 세계를 담고 있어 오늘의 시조 백화점 같기도 하다.

항간에 널리 불리는 시들을 엮어 동양 최고의 시집 『시경詩經』을 펴낸 공자는 "시가 무엇인가?" 묻는 제자들에게 "한마디로 사무사思毋邪"라고 했다. 삿되게 쓰지 않고 진솔한 마음으로 읊는 게 시라는 것이다. 그래서인가. 이번 시집에는 마음 내는 법을 갈고닦아 진솔하게 시인과 세상을 보고 드러내려는 '심법시心法詩'들이 우선 눈길을 끈다.

시는 지금 우리 현실에 눈감을 수 없다. 우리네 소외되고 어두운 사회를 직시하며 마음을 낸 시편들도 많다. 현실 의식 내지 비판시로 읽히면서도 거기에 내장된 서정이 만만치 않아 더 널리 읽히며 공감을 주고 있다.

서로들 같이 느끼고 있어 공감력이 큰 서정뿐 아니라 시 자체의 미의식에 충실한 시편들도 많이 눈에 띈다. 특히 '파프리카'나 '브로콜리' 등 이국에서 들어와 외국명을 가진 사물들을 우리 정서와 미학으로 시화하는 시편들은 물론 프랑스의 상징주의 시의 미학과 조응照應하는 시편들도 선보이고 있다.

이렇게 박 시인은 이번 시집에서 지금 우리 시조의 여러 단면들을 속속들이 선보이며 시조를 세계의 시 미학에 접목, 조응시키려 애쓰고 있다. 이 글 제사題詞식으로 올려놓은 두 수로 된 연시조「등대의 독백」앞 수를 보시라. 별과 물결과 물안개와 바람개비, 그리고 시인이 조응하고 있지 않은가. 만물과 조응하는 우리네 전통 시혼과 또 만물조응萬物照應의 서양 최고의 상징주의 시 미학과도 통하고 있지 않은가.

뒤숭숭한 울화통을 온몸 가득 채운다

업을 짓는 입을 닫고 휴지통은 묵언수행 중

자신을 온통 비운다
감당할 수 없을 때

단수로 된「통桶」전문이다. 초장, 중장, 종장을 각 한 연으로 잡아 앞의 두 연은 한 행, 뒤 한 연은 두 행으로 나눠 언뜻 보면 짧은 자유시 같지만 정형에 충실한 시조다.

휴지통을 소재로 한 시로 그대로 읽어도 자연스럽고 재밌는 시다. 시인 자신의 마음을 다스리는 법이라는 추상을 휴지통으로 구체화해 드러낸 시로 읽으면 그 깊이가 그대로 드러나고 있는 시다. 이렇게 추상을 우리네 구체적 삶에서 눈에 보이게 드러내는 게 종교나 철학, 학문과 다른 시의 존재 양태 아니겠는가.

파도 소리 유혹해도 방풍림은 꿋꿋하다

애인은 언제 올까
발목으로 견딜 때
허기는 어둠을 삼켜 여독을 재우는데

놓쳐버린 이정표가 지도를 지워간다

눈동자 사라진 곳에 새로운 길 보일지
배낭은 젖지 않은 채 수평선을 넘본다

모래밭에 새긴 이름
별에 묻혀 사라진 밤

보고 싶은 사람은 왜 멀리 있는 것일까

등대는 상처를 담아 밤의 끝을 쫓는다

세 수로 된 연시조 「아나키스트 여행」 전문이다. 연시조는 커다란 한 주제로 엮일 수 있는 독립된 한 수 한 수가 이어지는 시다. 그런데 위 연시조는 전체가 그대로 쭉 읽히는 시다. 아니 정형의 아나키스트, 무정부주의자처럼 한 수 한 수의 독립을 부러 파괴하며 시조의 정형 세계를 넓히고 있는 듯 보인다.

둘째 수의 초장 "놓쳐버린 이정표가 지도를 지워간다"를 보시라. 아무래도 앞 수에 붙여 읽어야 여러모로 더 자연스럽지 않겠는가. 그렇게 형태상의 정형은 지키되 내용상의 정형은 깨뜨려 가며 '아나키스트 여행'이라는 제목에 부합하게 시조 세계의 정조를 넓혀가려 애쓰고 있기도 하다. 해서 "애인은 언제 올까"라는 만고불변의 우리네 그리움의 정서를 새롭게 새겨가고 있지 않은가.

나를 지우는 법마저 이제는 잊어야겠다

뼈가 차갑다면 살은 포근한 줄 알았던 시간, 무엇보다 철저히 지문을 도리고 싶었으니, 장작 위에 누워서도 펴지 못한 손아귀 그림자 만들다 자오선에 베였으니, 불어라 솔바람이여 타거라 허풍선이여 송진이 호박 될 만큼 오래된 농담이었으니, 가시거리 너머 송진 가득 품고 하늘로 피어올랐으니, 열기로 가득한 장작더미 위에 공기 한 겹 걸칠 뿐 돌아서기 쉬운 혀를 옮겨본 적 없으니, 바람이 허물을 벗기면 윤곽은 사라지고 추스르지 못한 뼛속, 미련은 졸아붙으니

소리는 미덥지 못해 내내 타오르겠다

중장이 한없이 늘어진 사설시조 「다비」 전문이다. 제목처럼 육신을 화장火葬해 본디 이루어진 원소로 돌려보내는 '다비'를 소재로 한 시다. "나를 지우는 법마저 이제는 잊어야겠다"는 초장부터 뭔가 큰 깨달음, 한소식을 보여주고 있는 '심법시'로 읽어도 좋겠다.

중장 사설 부분에서는 소나무 장작 위에 타들어 가는 육신과 내면, 마음을 사설답게 글맛, 말맛을 살려 주저리

주저리 말하고 있다. 끝내 펴지 못한 손아귀같이 질긴 미련과 아집, 그것을 날려버리려는 솔바람이며 불길 등등이 두서없이 자연스레 터져 나오고 있다.

그러다 종장에 이르면 그런 사설, 말이며 장작불과 살과 뼈 타오르며 튀는 소리 등은 '미덥지 못하다' 하고 있다. 미련이며 한 등을 다 태워버린 정갈한 마음을 위해 끊임없이 태우며 더 정진해야 하는 마음공부가 시인에겐 시 쓰기 아니겠는가. 이처럼 시인은 이번 첫 시집 『어디까지 희망입니까』에서 각가지 양태의 시조 쓰기를 통해 시인의 마음을 닦으면서 아울러 현대시조의 폭과 깊이를 넓고 깊게 하려 애쓰고 있다.

잘 벼린 마음과 시로 이국적인 요소도 껴안는 시조

그을린 입술로 사려니숲을 껴안는다.

발걸음은 숲길에서 헐떡이다 잦아든다. 원시 바람 부풀어 오르고 심장은 숲을 두드린다. 바람은 하늘을 낚고 바다를 휘몰고 간다. 하늘의 눈 찌르듯 바다가 물보라 친다.

날것의 비린내가 숲속으로 스며든다. 구름이 날아오는가, 머리와 발 찾으러. 욕망으로 자라나는 우듬지가 숲길 따라 머리 자락에 붉은 태양 한 점으로 떨어진다. 까마귀 날갯짓은 눈꺼풀을 물어뜯는다. 욕망이 돛을 펼치며 나무껍질을 휘감는다. 신성한 숲의 기다림은 언제나 길고 절정은 늘 짧으니 천둥은 길을 잃지 않으려 구름 둘레 서성인다.

귓불을 끝없이 간질인다, 관능적인 나무 잎사귀.

제주도에 있는 사려니숲을 소재로 한 사설시조 「신성한 숲」 전문이다. 이번 시집에는 제주도의 풍물을 소재로 한 시편들이 많이 들어있다. 위 시도 시인이 직접 그 숲길을 거닐며 보고 느낀 것을 아주 역동적으로, 감각적으로 그리고 있다.

"날것의 비린내가 숲속으로 스며든다"처럼 날것의 신선한 감각이 있는가 하면 "욕망이 돛을 펼치며"처럼 눈에 보이지 않고 느낄 수도 없는 관념마저도 활물화活物化하고 있다. 숲이며 하늘이며 바다며 만물이 마치 귓불을 간질일 정도로 역동적인 감각으로 조응하는 프랑스 상징주의 시인들의 좋은 시 한 편 보는 듯한 느낌이 드는 시다.

신선하게 펄펄 살아있는 감각, 관능을 표면에 내세우면서도 속으로는 원시적 생명력과 우리네 원초적 심성을 구가하고 있는 시다. 그러면서 "기다림은 언제나 길고 절정은 늘 짧으니"라는 대목에 드러나듯 체험에서 우러난 삶과 우주 운항의 이치가 자연스레 드러나고 있는 시이기도 하다.

#1 제주, 4월

정오를 가리키며 명전하는 해시계
오싹한 4월의 공기 외딴섬을 휘감아
불길은 돌을 태우고
바람은 흙을 흩는다

#2 올레길

올레길 할머니가 굽은 등 업고 간다
살아남은 고통은 혼자만의 몫인지
말없이 진저리 쳐도
끝내 살아야 한다

#3 북촌포구

저승까지 가지고 갈 테왁과 망사리
물질 끝낸 해녀들이 윤슬로 물드는데
태양은 정오를 삼켜
암전하는 북촌포구

제주에서 본 풍경 세 장면을 각각 한 수, 한 연으로 잡고 소제목도 따로 달아 독립시킨 연시조「정오의 바다는 아무렇지 않습니다」 전문이다. 제목처럼 '정오'가 시상의 중심을 꽉 잡고 이끌고 있으나 아무렇지도 않은 게 아니라 수상하다.

명전明轉, 암전暗轉으로 무대가 확확 바뀌고 있다. 꽃 피는 봄 4월과 저승이 함께하고 있다. 들불을 놓아 한 해 농사를 시작하는 봄에서 꼬부랑 할머니로 넘어가고 있다. 제주의 세 장면을 그대로 그리면서도 '정오의 태양'을 내세워 엄연하면서도 틀림없는 우리네 실존의 양상을 드러내고 있는 시로 읽힌다.

이렇게 좋은 연시조에서 각 수는 자유시에서의 연과는 다르다. 자유시처럼 한 제목 아래 같은 시상이 길게 이어지는 것이 아니라 연시조는 어느 한 수를 떼어내 읽어도 단시조가 될 정도의 독립성은 갖춰야 할 것이다.

옹다문 봉오리로 꽃대를 밀어 올려
온몸에 스민 얼룩 연두 방울로 닦아내면
꽃순은 아이의 미소로
볼록한 빛깔 된다

처음 만난 녹색 물결 부들부들 곡선미
흔들리는 꽃자리 미혹을 어루만질 때
둘레에 아무도 없다
나를 보는 오백 나한

초록색 꽃봉오리 상큼해 눈 감는다
묵직한 울림으로 다가오는 천 개의 미소
누추함 벗어던지고
날아오르는 꽃숭어리

세 수로 된 연시조 「브로콜리 열반」 전문이다. 우리 시대 수입되고 재배되어 처음엔 양식집에서나 스테이크 등과 같이 선보이다 이제 식탁에 자주 오르는 녹색 채소가 브로콜리이다. 그런 서양에서 온 브로콜리의 생김새에서 부처님의 미소나 열반을 보고 있는 시다.

첫 수에서는 입술 옹다물고 혼신의 힘으로 허물 혹은 죄업을 씻고 천진스러운 꽃으로 피어나는 브로콜리를 그리고 있다. 둘째 수에서는 그런 브로콜리를 바라보는 시인의 마음을 그리고 있다. 그리고 마지막 수에서는 대상인 브로콜리와 시인이 일치되며 해탈의 경지, 부처님의 열반의 미소에 이르고 있다.

이렇게 보면 초장에서 경치를 읊고 중장에서는 경치에서 우러난 마음, 정情을 읊고 종장에서는 그런 경景과 정情이 서로 교융交融하는 우리 전통 시조 미학에 세 수 각기 따르고 있는 연시조가 된다. 그러면서도 어떻게 마음의 수양에 이르고 있는가를 내밀하면서도 리얼하게 보여주는 시로도 읽힌다.

줄어들수록 빛난다
한 생의 나이테

머나먼 몽골 땅 향나무 숲 버리고
날마다 뾰족해지려

내 몸을 던진다

통점이 없어져서 깎일수록 부릇된다

얄따랗게 잘려 나가 더욱더 벼려진 나

적멸을 맛보기 위해 칼날을 보듬는다

두 수로 된 연시조「몽당연필 심법心法」전문이다. 시인이 어떻게 마음과 시를 벼리는지 그 심법과 시작법을 몽당연필을 소재로 하여 작심하고 쓴 시처럼 보인다.

긴 새 연필보다 오래 써 뭉툭하게 줄어진 몽당연필처럼 마음과 시도 줄어들수록 빛난다. 태어나고 자란 몽골땅 향나무 숲에 아련한 향수나 미련을 두어서는 자랄 것이 없다. 감각의 안테나를 뾰족하게, 예민하게 세우고 투신해야만 마음도, 시도 좋아질 수 있다는 것을 앞 수에서 말하고 있다.

뒤 수에서는 통점痛點마저 다 닳아질 정도로 몸과 마음이 깎이고 고통을 맛본 후에야 마음과 시는 더 좋게 피어날 수 있음을 말하고 있다. 고통을 피하는 것이 아니라 맛

보며 버리고 버려야 열반이며 적멸의 지경은 찾아온다는 것이다.

이렇게 시인은 자신의 마음과 시를 버리고 또 버리고 있음을 많은 시편에서 보여주고 있다. 그렇게 버려진 심법과 작시법으로 외국의 풍물 및 정신까지도 우리 민족의 혼과 정서가 배어든 시조로 껴안으려 노력하고 있다.

역사와 현실 의식의 내밀한 서정화로 공감대 넓혀

뿌리 잘린 줄기로 물관을 채울 때
시들어가는 꽃잎은 화병에서 위태롭다
아무도 묻지 않는다
누이가 이우는 이유

꽃대궁 올라오다 샛바람에 꺾인다
돌아오지 않는 누이 기다리는 골목길
꽃가지 꺾인 곳마다
슬픔만 익어간다

두 수로 된 연시조 「동두천 블루스」 전문이다. 동두천에서 미군을 상대하는 여종업원을 이울고 꺾인 꽃에 비유해 써가며 남북으로 분단된 우리네 현실과 역사를 드러내고 있는 시다.

앞 수에서는 여종업원을 꽃병에 꽂혀 이울어가는 꽃에 비유하고 있다. 뒤 수에서는 샛바람에 꺾인 꽃으로 그리며 두 수 모두에서 그 꽃들을 '누이'라는 살붙이 육친으로 보고 있다. 그런 역사와 현실을 대놓고 고발, 비판하지 않고 "아무도 묻지 않는다", "슬픔만 익어간다"고 서정화하고 있어 공감력을 높이고 있다.

놓치면 안 되는 기회 놓쳐버린 아버지
독주 마신 얼굴에 낯선 풍경 그려져
세상은 당신 중심으로 돌아가지 않습니다

헐값에 팔아넘긴 계약서를 찢습니다
흙먼지 사이에 공사 알린 현수막
주먹을 움켜쥘수록 골목이 아립니다

눈물 삼킨 지문에 아버지 작아집니다

태풍의 눈에 들어가 지켜온 제자리
담벼락 가위표 쳐져 붉게 붉게 물듭니다

세 수로 된 연시조 「헐歇」 전문이다. 말도 안 되는 일을 당하거나 말을 들었을 때 내뱉는 요즘의 속어가 '헐'이다. 그런 제목과 시의 내용으로 볼 때 재개발지역으로 묶여 버티고 버티다 헐값에 집을 팔아버릴 수밖에 없는 아버지의 탄식을 통해 우리네 현실의 부당한 면을 고발한 시로 읽힐 수 있다.

철거 예정 주택으로 붉은 가위표 쳐진 집과 피어오르는 흙먼지 등의 을씨년스러운 재개발구역 풍경과 아버지의 억울한 심사를 교차시켜 가며 소외된 사람들을 더욱 소외시키는 매정한 현실을 잘 드러내고 있다. 특히 "세상은 당신 중심으로 돌아가지 않습니다"라는 오랜 체험에서 우러난 에피그램 같은 구절이 그런 소외된 현실을 더욱 가슴 아프게 하는 시다. 그래 '헐'이라는 제목의 속어를 잘못된 마음을 바로잡아 주기 위해 고승高僧들이 죽비처럼 내리치는 외마디 '할喝'로 읽어도 좋을 시다.

버스 창밖 너머로 마주친 돼지 트럭

불안한 신음이 도로 따라 늘어질 때
출근길 안주머니에
숨 막히는 희망퇴직서

조금 더 나아가면 내 직장이 나오고
모퉁이 돌고 돌면 마침내 도살장이다
굽은 길 비틀거리며
길들여진 구두 뒷굽

알량한 퇴직 수당에 눈물은 필요 없다
유통기한 다 된 나를 마중 나온 동료들
사육지 돼지의 무리
나도 한때 한패였다

세 수로 된 연시조 「희망 사육」 전문이다. 도살장으로 끌려가는 돼지와 희망퇴직서를 안주머니에 넣고 출근하는 화자를 한통속으로 보고 있는 시다. 유통기한이 다 되면 가차 없이 '희망퇴직'이라는 허울 좋은 이름으로 직장에서 내쳐버리는 우리 사회를 고발하고 있는 시다.

그런 희망퇴직의 시대를 도살장으로 실려 가는 돼지로

보고 있는 시인의 눈이 우습고도 슬프다. 슬프지만 어떻게 해볼 수 없어 '헐'이나 토해내는 '웃픈' 우리네 현실의 한 단면을 인상적으로 보여주고 있는 시다.

서둘러 새벽 공기로 공복을 채운다
모닥불이 타올라도 어깨는 차디찬데
선잠 깬 작업복들이 담배 연기 구부린다

하루치 일자리를 받아 든 사람들
몸에 돋은 단내 안고 일당 향해 뛰어가고
일터로 나가지 못한 신새벽은 허물어진다

돌아선 발걸음이 내일을 기다린다
골목길 막다른 안개 몸속에 스며들어
발등에 비낀 신호등 눅눅함을 뿜는다

세 수로 된 연시조 「안개 시장」 전문이다. 새벽안개가 자욱하게 낀 인력시장의 풍경을 그대로 그리고 있는 시다. 화자가 직접 그런 시장에 끼어들어 보고 느낀 대로 써서 사실감과 진정성이 짙게 묻어나는 시다.

첫 수 초장부터 "서둘러 새벽 공기로 공복을 채운다"며 하루 품팔이 일꾼들의 배고픈 공복감을 그대로 드러내 놓고 있지 않은가. 그리고 마지막 수 중장 "골목길 막다른 안개 몸속에 스며들어"에서는 일당으로도 팔려 가지 못한 사람들의 헛헛함을 빼어나게 서정화하고 있지 않은가.

이렇게 시인은 이번 시집에서 현실과 역사의식의 시편들도 많이 선보이고 있다. 지난 연대 현실 고발과 비판으로만 날을 세운 소위 민중시가 아니라 실감과 서정을 바탕에 깔아 호소력과 공감력을 높이려 노력하고 있는 게 믿음직스럽다.

시조의 정체성에 뿌리내린 세계적인 시조를 바라며

아픈 가지 뚫고서 꽃망울 피울 때까지

현무암 돌담길 따라 바닷바람 견뎌낸 눈

단 한 번 사랑을 위해 간직해 온 하얀 속살

한 수로 된 단시조 「귤꽃, 단 한 번의 사랑」 전문이다. 초장, 중장, 종장을 각 한 행 한 연으로 잡아 행간 사이에 넓은 여백을 둔 시다. 압축, 정제로 여백을 넓게 하며 큰 울림을 주는 시조의 특장을 잘 살릴 수 있는 시가 아무래도 단시조다. 그래 연시조도 쓰고 사설시조도 써보며 시조 세계를 넓혀오다 단시조로 돌아와 승부를 보려 하는 게 시조단의 통례 아니던가.

각 장 사이의 넓은 여백으로 인해 한 장 한 장은 마치 일행시처럼 독립감과 함께 팽팽한 긴장감을 준다. 초장의 "아픈 가지 뚫고서 꽃망울 피울 때까지"에는 기나긴 인고의 시간, 하고많은 사연이 압축돼 있다. 그 시간과 사연을 독자들은 여백에서 나름대로 떠올릴 것이다.

중장 "현무암 돌담길 따라 바닷바람 견뎌낸 눈"에서는 귤꽃이 막 피어오르고 있는 지금 이 순간의 풍광, 현전現前의 모습을 공감각으로 잡아내고 있다. 시각과 촉각 등 인간의 오감五感 중 둘 이상이 결합되는 공감각에서 우리는 우주적 현전감을 온몸으로 살갑게 느낄 수 있다.

종장 "단 한 번 사랑을 위해 간직해 온 하얀 속살"에서는 대상인 귤꽃과 시인이 일체가 되며 거기서 "단 한 번 사랑"을 보고 있다. 귤꽃의 하얀색에서 순결의 이미지를 보며 즉물적으로 현전하게 되는 사랑, 그 단 한 번의 사랑이 '불변하는 존재'라는 거추장스러운 추상이며 이데아를 집어치워 버린 존재자들의 실존, 생생한 현전의 양상 아니겠는가.

그런 현전의 양상을 생생하게 잡아 구체적으로 보여주는 것이 시의 가장 깊은 심급의 양태일 것이다. 시의 그런 심급, 독자들은 물론 삼라만상과 감동으로 소통할 수 있기 위해 언어는 가급적 줄여야 하고 여백을 넓혀야 할 것이며 그게 양식화된 장르가 단시조 아니겠는가.

처음과 끝을 동시에 지닌 연금술을 시작합니다.

윤곽이 권력일 때 보형물은 무기입니다. 실루엣이 돋보이게 몸매를 조각합니다. 조형예술의 발전은 놀라운 신비입니다. 피부의 두께 너머 아찔함이 보입니다. 보이지 않는 것은 감각적으로 피합니다. 친구 따라 팔자 고치러 강남으로 갑니다. 결과가 좋다면 견적은 문제없습니다. 나는 예전의 나를 파괴할 권리가 있습니다. 낡은 몸을 버리고 새 몸을 얻습니다. 난감한 날들이 사라지고 거듭난 느낌입니다. 나온 배도 평평하게 젖가슴도 빵빵하게, 나올 것은 더 나오고 들어갈 곳은 더 들어가게, 반듯한 겉모습을 신앙으로 삼습니다. 몸뚱어리 바로 펴고 굴곡을 심습니다. 흑역사 지우는 것은 미래를 그리는 일. 눈물 나고 뼈가 시려도 참고 참아 딴사람 됩니다. 변모하려면 더한 일도 견딜 수 있습니다. 인간의 변신은 궁극적으로 무죄 추정, 정형을 넘어 성형으로 신세계를 맛봅니다. 내 얼굴이 어땠는지 기억나지 않습니다. 입으로 꼬리를 물면 나는 사라집니다.

마침내 현자의 돌로 과거를 삼킵니다.

사설시조인 「플라스틱 중독」 전문이다. 작중에서 말한 대로 "낡은 몸을 버리고 새 몸을 얻"는 성형 중독 사회를 풍자하고 있는 시다.

중장의 사설 부분은 물론이고 초장, 종장마저도 하나의 문장씩으로 나가며 산문시에 가까운 형태를 취하고 있다. 그래서 운율도 없애버린 것 같다. 부러 시조로 산문시 형식까지 실험하고 있는 듯하다.

그러나 사설시조에서 사설 부분은 산문과 달리 말맛과 운율을 중시한다. 산문시에서도 일반 산문과 달리 내재

율은 물론 외재율도 중시하고 있음은 물론이다. 시 장르가 나오고 갈리게 되는 것은 장르 나름의 정형의 틀과 규범, 그리고 미학이 있기 때문이다.

잠글 수 없는 빗물이 유리창을 두드려 밖을 내다보다 이내 고개 떨굴 때 시계는 불투명하여 누설되지 않습니다

인력시장 못 가니 며칠째 한숨입니다

눈시울 뜨거워지고 바짝 목이 타는데 마른 몸 꿈꾸고 나면 햇볕이 돋아날까요

바람에 유리창이 일순간 덜컥입니다

마르지 않는 빨래가 건조대에서 시들고 수심이 깊어집니다

축대는 비에 젖고 그늘진 곳일수록 전운이 감돕니다

밑 모를 두려움이 반지하로 넘쳐흘러 발치가 아찔합니다

술병은 나뒹굴고 아버지라는 이름으로 싸워야 하는 수중전

불현듯 회오리 불어 그늘이 술렁입니다

방 안을 점령한 것은 맴도는 침묵뿐

음습한 목소리가 배경으로 돌아가면 빗방울에 갇힌 하루가 희미하게 번집니다

손끝은 떨리기만 하고 숨결은 아득하고 유례없는 누수인지 수위가 높아가는데 저승은 멀기만 하고 이승은 꿉꿉합니다

습기가 절망처럼 자라 부은 몸 휘청입니다

지금 창작되고 있는 시조의 모든 형태가 다 모인 옴니버스 시조 「절망처럼 자라는 우기가 내 몸을 눅일 때」 전문이다. 앞 수에서는 산문처럼 행과 연을 나누지 않고 쭉 이어 쓰고 있다. 뒤 수는 한 편의 사설시조로 읽을 수 있는

데 사설 부분 안에 다시 산문시 형식, 단시조 형식 등이 혼재돼 있다. 그리고 행과 연 나눔에 혼선을 주어 그런 형식의 틀을 깨뜨리고 있는 시다.

시의 주제는 "인력시장 못 가니 며칠째 한숨입니다"에 그대로 드러나듯 새벽 인력시장에서 발탁되지 못해 반지하 집에 돌아온 절망감이다. 해서 앞서 살핀 연시조 「안개시장」의 후속편쯤으로 읽어도 좋을 시다.

어디 일용 품팔이들만이 그럴까. 시대에 뒤떨어지고 소외된 인간들의 눅눅한 절망감 그 구석구석을 여러 형태로 되풀이 떠올리며 깊이도 있게 하기 위해 이런 옴니버스 시조 형식을 취했을 것이다.

이처럼 이번 시집에서 박진형 시인은 끊임없이 시조를 새롭게 하고 그 영역을 넓히려 노력하고 있다. 현대시조의 폭과 넓이를 위해 그런 노력은 응원받아 마땅하다. 자유시와 산문시 등 다른 시 장르와 비교할 때 시조만의 특장을 더 잘 살려 시조의 정체성에 튼실히 뿌리내리고 시조의 현대화와 세계화에 앞장서는 시인 되시길 빈다.